兒童理財啟蒙故事 ③

北極光夢想之旅　儲蓄和投資

真果果 編著

新雅文化事業有限公司
www.sunya.com.hk

兒童理財啟蒙故事 3

北極光夢想之旅（儲蓄和投資）

編　　著：真果果
繪　　畫：心傳奇工作室 逗鴨
責任編輯：胡頌茵
美術設計：劉麗萍
出　　版：新雅文化事業有限公司
　　　　　香港英皇道499號北角工業大廈18樓
　　　　　電話：（852）2138 7998
　　　　　傳真：（852）2597 4003
　　　　　網址：http://www.sunya.com.hk
　　　　　電郵：marketing@sunya.com.hk
發　　行：香港聯合書刊物流有限公司
　　　　　香港荃灣德士古道220-248號荃灣工業中心16樓
　　　　　電話：（852）2150 2100
　　　　　傳真：（852）2407 3062
　　　　　電郵：info@suplogistics.com.hk
印　　刷：中華商務彩色印刷有限公司
　　　　　香港新界大埔汀麗路36號
版　　次：二〇二二年四月初版

ISBN : 978-962-08-7979-1
© 2022 Sun Ya Publications (HK) Ltd.
18/F, North Point Industrial Building, 499 King's Road, Hong Kong
Published in Hong Kong, China
Printed in China

本書繁體中文字版權經由北京讀書新世紀圖書有限公司，通過北京同舟人和文化發展
有限公司授權香港新雅文化事業有限公司於香港、澳門及台灣地區獨家出版發行。

自從在圖書上看到了北極光後，雪兔姐姐就有了一個夢想——她要靠自己的努力，到北極圈去親眼看看北極光！

雪兔姐姐做了個旅行計劃。她發現，看北極光至少需要 10,000 元兔子幣。按照每周能得到 50 元零用錢並把全都儲起來計算，她需要差不多四年才能實現這個願望。為了早日實現夢想，連續兩周，雪兔姐姐都堅定地把所有的零用錢放進了存錢罐。

到第三周，雪兔姐姐就堅持不下去了。

「就花一點點兒……」雪兔姐姐安慰自己。於是她打開存錢罐，今天拿出 1 元買一枝鉛筆，明天拿出 10 元買一本圖畫書，後天又拿出 5 元買一支冰淇淋，大後天和好朋友一起去遊樂場……又過了兩周，存錢罐裏沒剩多少錢了。

雪兔姐姐看着自己只有 30 元儲蓄，感到非常懊惱。

兔媽媽看着沮喪的雪兔姐姐，安慰道：「你為了實現夢想而努力存錢的想法很好，但是還要合理分配一下必須花的錢和必須存的錢。」

　　於是，雪兔姐姐在存錢罐上寫上「夢想儲蓄」，還把北極光的照片貼了上去。她給自己訂立了一個規矩：每星期拿到零用錢後，先拿出 20 元放進存錢罐。這個罐子裏的錢除了緊急情況以外，一分都不能動用。

慢慢地，雪兔姐姐的存錢罐變得沉甸甸了。於是，她數了數裏面的錢——只有300元，離10,000元的目標還差很遠。

雪兔姐姐歎了口氣：「只靠我每周存零用錢，太慢了。如果存錢罐會像母雞一樣下蛋就好了……那樣，願望就可以快一點兒實現了。」

　　兔爸爸知道了雪兔姐姐的煩惱後說：「我帶你去一個地方吧，那裏可以讓你的存錢罐變成『下蛋的母雞』！」

兔爸爸帶着小兔子們來到了一幢灰色大理石建造的大樓前面。

　　「果果鎮銀行。」雪兔姐姐唸出了大門上的字。

　　「沒錯，銀行可以把你的錢存起來，還能讓你的錢變多！」兔爸爸神秘地眨眨眼睛說。

在櫃枱台前，兔爸爸把雪兔姐姐的存錢罐遞給銀行職員阿姨，説：「你好，我想替孩子開户，户名是雪兔。」

銀行職員阿姨把存錢罐裏的錢全部倒出來，經點算後就把所有錢收起來，然後給了雪兔姐姐一本小簿子，説：「妹妹，這是你的存摺，請收好。」

「錢放在這裏會變多嗎？」雪兔姐姐期待地問。

「會的，下個月我們再來這裏看看吧。」兔爸爸説。

　　一個月後，雪兔姐姐和兔爸爸再次來到果果鎮銀行查詢存款戶口的餘額。

　　「嘩！錢真的變多了！有 301 元 1 角 4 分！」雪兔姐姐驚訝得張大了嘴巴，問道：「為什麼把錢放進銀行就會變多呢？」

　　「這就是儲蓄，這些多出的錢叫作『儲蓄利息』。」兔爸爸解釋說。

「那銀行付給我的錢又是從哪兒來的呢？」雪兔姐姐問。

還沒等兔爸爸回答，旁邊傳來一把聲音。原來，蛋糕店的胖熊叔叔想要向銀行借 5 萬元用來購買焗爐。

「胖熊叔叔借錢也能得到利息嗎？」雪兔姐姐問兔爸爸。

兔爸爸搖搖頭說：「不，胖熊叔叔從銀行借了錢，要付給銀行費用，這就是銀行的『投資收益』。銀行再把這筆利息裏的一部分分給像你這樣的存款人。」

日子一天天過去，雪兔姐姐每周都去銀行存入 20 元兔子幣，看着存摺上的錢一點兒一點兒多了起來，雪兔姐姐覺得夢想越來越近了。

這幾天新聞報道提到這個冬天將有一場最美的北極光出現。雪兔姐姐又開始着急了。

「爸爸，有什麼辦法能讓我的錢再快一點兒多起來呢？」雪兔姐姐問兔爸爸。

「那麼，試試投資吧！就是把錢借給你覺得能賺錢的人。這樣，他用你的錢去賺更多的錢，還錢時再給你更多的利息。嗯……你想投資我的胡蘿蔔田嗎？」兔爸爸問。

「投資？你能給我多少利息呢？」雪兔姐姐精明地問。

兔爸爸大笑起來，說：「每畝胡蘿蔔田要投入種子費、水費、電費、肥料費⋯⋯差不多要 300 元，你準備投資多少呢？」

雪兔姐姐聽得一頭霧水，但是她想到投資越多，得到的利息應該就會越多。於是她對兔爸爸說：「我的存摺裏一共有 600 元，我可以全部拿出來投資。」

兔爸爸想了想，說：「不過，你要考慮投資需要承擔風險，比如胡蘿蔔收成不好，收益就會很少，甚至會損失一部分錢⋯⋯」

雪兔姐姐堅定地點點頭：「爸爸，我相信你。而且，我也想儘快看到北極光！」

從這天開始，雪兔姐姐每天都會看天氣預報，並到田裏去看看胡蘿蔔的生長情況。下大雨時，她會擔心雨水是不是太多了；晴天時，她又擔心田裏會不會太乾旱。只要有時間，她就跑去跟兔爸爸一起打理田地。

　　到了胡蘿蔔收成的季節，兔爸爸笑呵呵地告訴雪兔姐姐：「今年大豐收呢！我大概可以還給你 1,200 元呢。」

但是，第二天，鄰居叔叔卻從鎮上帶回了壞消息！因為胡蘿蔔大豐收，市場價格暴跌，兔爸爸只能還雪兔 300 元。雪兔姐姐失望地大哭起來。

兔爸爸摸着雪兔姐姐的頭，安慰她説：「投資必須承擔可能會有損失的風險。你現在還小，還要學習理財儲蓄。這是爸爸賠給你的 300 元。」

　　「爸爸，我還是把錢存到銀行吧！」雪兔姐姐吸吸鼻子，接着説，「雖然利息低，但是穩妥。」

28

　　從這天開始，雪兔姐姐每個月都會把零用錢存到銀行。她知道，總有一天她會去北極圈，親眼看到神秘的北極光。

金錢小百科

① 什麼是儲蓄？為什麼要儲蓄？

儲蓄就是存錢，即是把暫時不用的錢或剩餘的錢存入銀行。存錢能積少成多，即使一次存少量金錢，時間久了也能累積成一筆數目很大的錢。有儲蓄的意識，能讓我們避免浪費、學會節約。存起來的這些錢，能讓我們在遇到

難處的時候應用，也可以幫我們實現未來的計劃，比如旅遊計劃、買車計劃、買房子計劃等。即使不到銀行開立儲蓄戶口，小朋友也可以把自己的零用錢存進存錢罐，養成儲蓄好習慣。

② 為什麼銀行會支付利息？

你的錢存到銀行以後，銀行會把這些錢拿去投資或者借錢給有需要的人，以賺取更多的錢，然後銀行會把收益的一部分分給你，這就是利息。利息是人們從儲蓄存款中得到的唯一收益，也是存款增值的部分。雖然從收益上來

看，投資股票、債券往往能獲益更多，但是這些投資的風險也高，儲蓄的風險是最小的。

　　小朋友的零用錢如果花不完，可以和爸爸媽媽進行一種理財遊戲，比如和爸爸媽媽商量一下，把錢存到爸爸媽媽那兒，存夠一定的金額、一定的期限，得到一定的獎勵，感受一下儲蓄的快樂。

③ 應該把所有的錢都存起來，還是把花剩的錢存起來？

　　儲蓄並不是要我們把錢一分不花都存起來，也不是讓我們只顧存錢而不花錢，適當的花錢能買到我們需要的東西，能讓我們感受到快樂，這是錢的意義。

　　但是，如果每次都是盡情揮霍，揮霍完才想到把錢存起來，那就太遲了，因為你極有可能會花得一分不剩。最好的辦法是，在擁有一筆錢的時候，一開始就做一個合理的計劃，多少錢用於消費、多少錢用於儲蓄，這樣更能養成儲蓄好習慣，積累更多的財富。

④ 還有哪些錢生錢的辦法？

合理的投資能讓財富增長，銀行儲蓄也算一種投資，但這種投資的方式獲益不高。人們購買土地、房屋等不動產，以及買股票、債券、基金等金融產品都是可以獲利的投資方法。但是必須要知道的是，所有的投資都有風險，而且往往回報越高的投資，風險也越高，所以在選擇投資方式之前，要衡量收益、風險等問題。

小朋友還不能獨立做投資，可以嘗試把自己零用錢的一部分儲蓄起來，然後交由爸爸媽媽一起做投資，説不定能有不小的回報呢！